Francis CLERC

CHOSES FRÊLES

POÉSIES

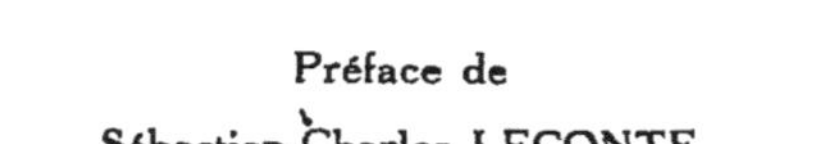

Préface de

Sébastien-Charles LECONTE

Président de la Société des Poètes français

LES ÉDITIONS DE
FRANCHE-COMTÉ ET MONTS JURA
BESANÇON

—

1926

CHOSES FRÊLES

DU MÊME AUTEUR :

Les Heures Perdues

Francis CLERC

CHOSES FRÊLES

POÉSIES

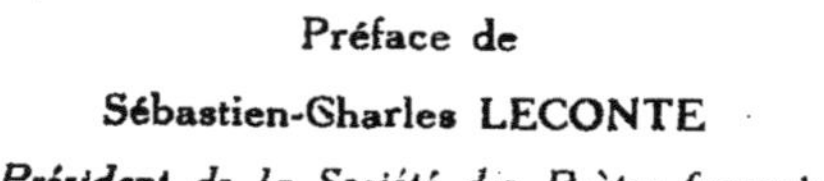

Préface de
Sébastien-Charles LECONTE
Président de la Société des Poètes français

LES ÉDITIONS DE
FRANCHE-COMTÉ ET MONTS JURA
BESANÇON

1926

Pour Francis Clerc et ses Poèmes

FRANCIS CLERC ! Quel nom joli et bien sonnant et hardi à la fois ! Quel nom exquis de poète et comme prédestiné ! Et comme il est porté avec cette discrétion ailée et cette fine mesure qui est la marque, le signe à tous reconnaissable de sa belle province natale, la Comté franche !

Car, de ce pays agreste et fort, de sa race indomptable et robuste, au jugement solide, et à la tête jamais courbée, au regard limpide et droit, la poésie rustique et charmante de Francis Clerc est le miroir sans tache.

La Franche-Comté, noble terre, parce que libre toujours et passionnément libre, quels qu'aient été ses maîtres... Ses maîtres ! En eut-elle vraiment ? Quand elle fut espagnole, ses hommes d'Etat gouvernaient l'Empire de Charles Quint. Jamais elle n'abdiqua sa fière indépendance, jamais sa loyauté ne fut plus ombrageuse. Et le souvenir est toujours vivant du dialogue fameux, digne d'être la devise lacédémonienne de cette patrie du courage : « Comtois, rends-toi ! — Nenni, ma foi ! »

Labourage et pâturage, plaine et montagne, alluvions fécondes, et rides aux plissements parallèles, chevelus de sapins sombres, air pur et transparent, ce pays des Séquanes, où le Doubs déroule ses méandres, où la Loue hurle comme un troupeau de loups, fut toujours aimé des poètes, ses fils.

Et il a mérité cet amour, car entre toutes nos provinces, nul n'est plus harmonieusement beau, de la grave beauté de ses lignes, de la richesse de ses guérets, de ses vignes ardentes, et de ses prairies toujours vertes, qui varient ses bruyères roses, qu'assombrissent ses forêts intactes, en leur manteau magnifique et sacré.

Et parce qu'il est nourricier de braves, le 7e corps ayant prouvé que, depuis César, depuis le Téméraire, depuis Lacuzon, les cœurs, comme les bras, sont toujours invincibles.

* * *

Francis CLERC ne renie pas ses fortes origines. Fils du terroir, issu d'antique souche paysanne, né à Landresse — le Longeverne, où Louis Pergaud fut en proie aux enfants — son enfance campagnarde a connu les travaux et les jours des champs paternels. Mais le poète déjà s'éveillait en cette âme marquée pour le grave et pur songe des poètes de la Terre. Il s'enivrait de la beauté de l'aube et de la splendeur des couchants. Il lisait et, au hasard des découvertes, écoutait le chant merveilleux des créateurs de rythmes et des porteurs de flambeaux.

Mais la fée qui parlait tout bas au Bisontin Victor Hugo lui murmurait déjà des vers. Il était de ces jeunes hommes qui veulent apprendre... et enseigner. Et il s'est enrôlé dans la légion de ces instituteurs dont il a pu dire dans ses *Heures perdues,* en réponse à de vaines calomnies :

> *Combien de vous sont morts pour notre juste cause*
> *Sans que nous ayons pu leur étreindre la main!*

A l'Ecole Normale, en ce temps-là, les poètes contemporains étaient peu en honneur, et avoir dans son pupitre Baudelaire, Verlaine, Mallarmé... c'était le renvoi immédiat. Un de ses camarades, m'a-t-il conté, fut mis à la porte pour avoir été trouvé en possession de... *Paul et Virginie*.

Mais, en dépit des surveillances, il peut lire Sully Prudhomme dont l'écho persiste dans ses stances :

> *Notre cœur est un grand mystère*
> *Incertain comme l'horizon.*

> *(Les Heures perdues.)*

Les Heures perdues que la guerre a marquées de son sceau, il ne les publie que sur l'insistance de Frédéric Bataille, dont la noble préface est le liminaire de ce recueil né aux heures de garde...

* * *

Aujourd'hui c'est à moi que revient l'honneur immérité de tracer quelques lignes de présentation pour le nouveau livre de Francis Clerc. Honneur qui me procure le plaisir d'en dire tout le bien que j'en pense.

Choses frêles... nous dit le poète... frêles comme toute œuvre humaine, mais de quelle signification profonde, et où Lamartine, le cygne de Mâcon, eût reconnu la résonnance des strophes que lui inspiraient les champs paternels :

> *La pâleur du couchant se fond en demi-teinte,*
> *Et la forêt noircit au lointain horizon ;*
> *Et dans le clocher gris, la lente voix qui tinte*
> *Rend plus triste mon cœur si loin de ta maison.*

De même qu'en ces poèmes de la Comté, le grand Bourguignon qu'il fut eût aimé revoir à la Saint-Jean

Des feux! des feux partout ! c'est la Saint-Jean fleurie
Que les pâtres ce soir font briller aux coteaux,
Pendant que dans l'air pur montent de la prairie
Le roulement des chars et le son clair des faux.

Ou ces accents mélancoliques, dédiés à ceux que le bon Maître aima, comme un grand ami fraternel.

Ainsi, quand l'homme arrive au déclin de la vie,
Il aime à retrouver, en croyant rajeunir,
Des beaux jours qu'il connut sur la route suivie,
Le bonheur d'un instant qu'il n'a pu retenir.

Et c'est l'hymne au pays.

Tu n'as pas, ô pays, les charmeuses sirènes
Qui dansent sur les flots,
Le soir, dans la clarté des nuits d'été sereines
Autour des matelots.

Ou, dans la *Rue pauvre*, la vision trop réaliste qui donne au songeur ce regret de ne pouvoir qu'espèrer, pour les humbles citadines, le jour où il leur sera permis

... de guetter sous le ciel qui s'azure
Le retour du travail de ceux qui sont partis.

* * *

Mais ces tableaux rustiques, d'une grande et robuste allure, ne sont qu'une des faces du talent de Francis Clerc, et nous ne savons si nos préférences ne vont pas à ces modulations ferventes, où tout humain sentira frémir, en ses plus intimes correspondances, l'âme du souvenir, universelle comme la pensée.

Il faut que j'impose silence
A mon souvenir anxieux,
Puisque la longueur de l'absence
A rendu ton cœur oublieux.

. . . .

Nos amours sont des tissus frêles,
Bien fragile en est le réseau.
Pourquoi nos cœurs ont-ils les ailes
Et l'envol léger de l'oiseau ?

Ce sont là ces *Choses frêles* qui demeurent, ô poète ! parce qu'elles touchent à ce qui, en nous, ne meurt pas. Et de les avoir dites, mélodieusement, vous participez à leur durée éphémère comme toute œuvre de l'homme, infinie comme son désir d'éternité.

Sébastien-Charles LECOMTE.

Danvillier

SAULES PLEUREURS

A la molle clarté de la voûte sereine,
Nous chanterons ensemble assis sous le jasmin,
Jusqu'à l'heure où la lune, en glissant vers Misène,
Se perd en pâlissant dans les feux du matin.

LAMARTINE.

TRISTESSE

L'HIVER a ramené son grand tapis de neige ;
    Dans l'air brumeux du soir tombent les flocons blancs,
Et notre vieux donjon que la bourrasque assiège
Fait craquer ses toits lourds aux longs étais tremblants.

La pâleur du couchant se fond en demi-teinte
Et la forêt noircit au lointain horizon ;
Et dans le clocher gris, la lente voix qui tinte
Rend plus triste mon cœur si loin de ta maison.

Je n'entends plus ta voix et ne peux plus te dire
Ces mots qui malgré nous faisaient mouiller nos yeux ;
Je ne vois plus qu'en moi rayonner ton sourire,
Aussi beau que l'étoile au plus profond des cieux.

Je souffre d'être loin, trop loin de tes caresses,
Des baisers de jadis qui ne pouvaient finir,
De tout ce qui fut toi, de toutes nos ivresses,
Du passé, du présent, de ton doux souvenir.

Le soir où tout se fond rend plus pesante l'heure,
Pendant que du ciel bas tombent les flocons blancs ;
Et mon sanglot se mêle au bruit du vent qui pleure
Par les grands bois déserts et les buissons tremblants.

REGRET

DANS les sapins, sur la colline,
   Tu venais t'asseoir vers la tour
Et j'écoutais ta voix câline
Murmurer des refrains d'amour.

Je souriais à tes promesses,
J'étais heureux à tes serments,
Et je sens toujours les ivresses
De ces ineffables moments.

Pourtant, je connaissais la vie !
Je savais qu'au cœur inconstant,
L'amour auquel il nous convie
Souvent ne dure qu'un instant.

Mais on s'attache à l'espérance,
En des bras doucement bercé ;
On croit à la longue existence
Du rêve ardemment caressé

Ainsi que le son dans la brise,
Que l'écume au bord d'un îlot,
S'en va le rêve qui nous grise,
    Nous laissant la douleur pour lot.

Dans les sapins, quand le vent pleure,
Je reviens seul près de la tour,
Car je ne peux oublier l'heure
Et la douceur de notre amour.

AMERTUME

IL faut que j'impose silence
A mon souvenir anxieux,
Puisque la longueur de l'absence
A rendu ton cœur oublieux.

Je cacherai ma peine extrême
Si je te rencontre demain ;
Tu ne verras plus que je t'aime,
Quand je te donnerai la main.

Pour m'éviter de la souffrance,
Je resterai silencieux,
Et mon amour sans espérance
N'ira pas implorer tes yeux.

Mon regard voilera sa fièvre,
Et tu pourras partir ainsi,
Un sourire heureux à la lèvre
Et le front libre de souci.

Nos amours sont des tissus frêles,
Bien fragile en est le réseau.
Pourquoi nos cœurs ont-ils les ailes
Et l'envol léger de l'oiseau ?

SOUFFRANCE

Sı vous avez un cœur très tendre,
  Un dévoûment prompt à s'offrir,
De grand yeux noirs sauront vous prendre,
Et vous ne pourrez que souffrir.

Vous tremblerez d'amour sincère
Dans les bras qui vous auront pris,
Et vous poursuivrez la chimère
De ceux qui sont vraiment épris.

Mais un jour la douleur amère
Du baiser qui n'est pas rendu
Jettera sur votre âme entière
Le voile du bonheur perdu.

Vous voudrez espérer quand même ;
D'un seul mot, vous serez content
Pour reculer l'heure suprême :
Ce ne sera pas pour longtemps.

Hélas ! un soir, sous votre porte,
Un mot d'adieu soudain glissé
Vous dira que le vent emporte
Beaucoup d'amour dans le passé.

Si vous avez un cœur très tendre,
Un dévoûment prompt à s'offrir,
De grands yeux noirs sauront vous prendre :
Vous n'aimerez que pour souffrir.

TOUJOURS

QUAND le soir assombrit les êtres et les choses,
   Quand le soleil s'éteint au sein du flot amer,
Quand s'endort l'oiselet et se ferment les roses,
Un long sillon de feu persiste sur la mer.

Il apparaît longtemps sur les vagues houleuses,
Comme un regret du jour qui ne veut pas finir,
On voudrait qu'épargné des lames ténébreuses,
Son éclat dans la nuit ne pût pas se ternir.

C'est ainsi qu'en mon cœur ton image est restée,
Et sa douceur encor dore mon avenir :
Le reste a disparu de mon âme attristée,
Je n'y vois plus briller que ton cher souvenir.

A paru dans les " Heures Perdues "

L'OUBLI

J'AI vécu des jours d'une atroce peine,
  Le cœur déchiré par un cher passé ;
Retrouvant toujours au toit délaissé
Ton parfum subtil et doux de verveine.

Je n'ai pas joui des fleurs de l'été,
Des soirs alanguis, des splendeurs d'aurore ;
Seul dans ma maison, j'écoutais encore
Ton pas s'éloigner dans l'obscurité.

Ce matin d'avril est pourtant si tendre
Que je suis aller rêver d'autrefois
Dans l'étroit sentier qui mène au grand bois,
Où souvent jadis j'allais pour t'attendre.

Sans guider mes pas, j'ai pris le chemin
Qui nous conduisait au banc vers la source,
Où tu t'asseyais lasse de la course,
Et buvais gaîment de l'eau dans ta main.

Et j'ai beau revoir ta bouche mutine
Et sentir encore un émoi profond :
Comme il dore au loin le sillon fécond,
Le ciel bleu d'avril en moi s'illumine.

Et je trouve beaux les yeux de velours.
Allons, c'est fini, ma douleur est morte ;
L'espoir à nouveau sourit à ma porte,
Et mon cœur est mûr pour d'autres amours.

2 avril 1924.

LA CHANSON DE MADY

A Robert Milliat.

MIGNONNE, entends-tu ? L'alouette chante.
Les prés sont plus verts, le pêcher fleurit,
Le ruisseau murmure au bas de la pente
Et dans les regards le bonheur sourit.

Nous irons revoir le coin des pervenches,
Sourire du ciel dans l'épais hallier,
Et nous cueillerons les clochettes blanches
Du muguet de mai le long du sentier.

Et lorsque plus tard, bientôt, je l'espère,
Nous vivrons tous deux dans notre maison,
A chaque printemps, de la forêt chère,
Nous viendrons fouler le jeune gazon.

Et nous vieillirons ainsi l'un vers l'autre,
Un peu plus courbés à chaque printemps ;
Mais le frais sentier restera le nôtre,
Et nous y viendrons tout comme à vingt ans.

Il ne faut pas que notre amour sommeille,
Par ce beau temps où chantent les oiseaux ;
Mady, voici le printemps qui s'éveille,
Allons ensemble dans les bois nouveaux.

9 *avril* 1924.

RÊVE LOINTAIN

Nous avions rêvé d'impossibles choses :
D'un attachement sans rien de charnel,
D'un été sans fin parfumé de roses,
D'un bonheur profond, d'amour éternel,

Que nous reste-t-il de notre beau rêve ?
Que peut-il rester d'un désir humain ?
Un amour commence au jour qui se lève,
Sourit un instant et mourra demain.

Notre amour a fui. Comme moi, peut-être,
Songez-vous parfois aux moments troublants
Où vos cheveux blonds doraient la fenêtre
Qu'avril fleurissait de deux lilas blancs.

18 *avril* 1925.

CHOSES DE COMTÉ

Dans l'horizon des monts que les sapins effrangent,
J'aime à revoir chaque an le vieux pays comtois,
Les clochers émaillés, le cintre haut des granges,
Les épis du maïs séchant au bord des toits,

Le puits moussu qu'abrite un rouge auvent de tuiles,
Et dans leurs échelons de gerbes d'or chargés,
Les longs chars s'avançant au pas des bœufs tranquilles,
Et dans les pampres verts le trait blanc des murgers.

Charles DORNIER.

POUR UN ALBUM

Au chemin de la vie où vous naissez à peine,
Puissiez-vous ne fouler qu'un moelleux gazon,
N'apercevoir jamais, au brumeux horizon,
Les jours tissés de deuil, de rancœur et de haine.

Accomplissez longtemps, au rythme des saisons,
Avec le même amour, la même âme sereine,
Avec le même élan de grâce souveraine,
Les travaux familiers de nos vieilles maisons.

Et vous vivrez ainsi, de respect entourée,
Obligeante pour tous et de tous admirée,
En noble cœur comtois au terroir demeuré.

Vos jours s'écouleront comme un ruisseau tranquille,
Dont les bords sont fleuris, dont le cours est utile,
Sur ce chemin de vie où beaucoup ont pleuré.

30 juin 1924.

2

FERMES COMTOISES

A M. Magnin
Directeur d'Ecole Normale.

DANS un pli de terrain, près d'une source pure,
  Ou se donnant l'aspect de rustiques châteaux,
Les fermes de Comté parsèment les plateaux
Où sur un maigre sol perce la roche dure.

Quand sur nos monts l'hiver a posé son manteau,
Et que les noirs sapins inclinent leurs ramures,
Sous son auvent de bois, dédaignant les froidures,
La ferme jour et nuit fume sur le coteau.

Nos paysans ont mis leurs vêtements de bure ;
Sur les chemins glacés glissent leurs longs traîneaux ;
Et pour les voir passer, écartant les rideaux,
Les jeunes gens rieurs délaissent leur lecture.

Lorsque mai brille aux monts, tirant sur leur licou,
Les bœufs se sentent prêts à de rudes batailles ;
Et le fermier, ayant suspendu les sonnailles,
Part vers les prés herbeux où chante le coucou.

Les échos sont remplis de la voix des clochettes,
Des refrains de bergers aux vieux airs d'autrefois ;
Et la loge au toit bas, cachée au coin d'un bois,
Reçoit les « armaillis (1) », au chant des alouettes.

Fermes de mon pays, où chante un lent patois,
J'aime à voir au-dessus de nos forêts sévères
Apparaître le seuil de vos portes austères,
Mais où sourit toujours le bon accueil comtois.

8 juillet 1924.

---

(1) On appelle « armaillis », dans le Jura, des domestiques qui soignent les animaux au pâturage, traient les vaches et fabriquent les fromages dans des « loges ».

LE VIEUX CHEMIN

A Madame Marie Grosjean-Triboulé.
En cordial souvenir

Vous souvient-il du vieux chemin
Qui contournait notre village,
Où les troupeaux, dès le matin,
S'en allaient vers le pâturage ?

Vous souvient-il du vieux chemin
Où le printemps semait des roses
Sur les murs moussus du jardin,
Près des barrières demi-closes ?

Vous souvient-il du vieux chemin
Où l'on jouait en troupe folle,
Où l'on courait étant gamin
Le soir au sortir de l'école ?

Vous souvient-il du vieux chemin ?
Par les soirs d'été des dimanches,
Des couples se tenant la main
Marchaient lentement sous les branches...

Vous souvient-il du vieux chemin
Où les noix tombaient en automne ?
— Ce n'est plus qu'un écho lointain
Qui tristement en moi résonne.

                              12 *octobre* 1924.

NOS PETITS BERGERS

A mon vieil ami Maoherey,
Professeur E. P. S.

QUEL plaisir de quitter l'école !
  Demain, nous serons des bergers
Nous danserons la farandole
En chantant aux pieds des rochers.

Nous aurons le sans-gêne antique,
Des habits crottés, sans boutons,
Un franc-parler, très impudique,
Et pour sceptres de gros bâtons.

Nous pourrons taquiner les filles ;
Ne sommes-nous pas grands garçons ?
Il faut pouvoir jouer aux billes
Et leur commander sans façon.

« Allez donc détourner les vaches ;
« Vous laissez éteindre le feu ;
« Nous avons de multiples tâches,
« Laissez-nous respirer un peu.

« Nous vous ferons des balançoires
« Avec les licous des chevaux ;
« Nous attraperons des « cancoires » (1),
« Pour qu'au fil de vos écheveaux

« Elles ouvrent leurs doubles ailes,
« Quand vous courrez près des buissons,
« Vives comme des hirondelles
« Aux gais refrains de vos chansons. »

Quand la Saint-Jean sera venue,
De genêts tout enrubannés,
Nos grands bœufs descendront la rue
Sous les regards de nos aînés.

Que de jours sont des jours de fête
Dont le souvenir reste doux
Au cœur d'enfant, rêveur, poète,
Qui fut un jour berger chez nous !

25 octobre 1924.

---

(1) Nom du hanneton, en patois de Landresse (féminin). — Ailleurs on dit « cancoines ».

HOMMAGE A PERGAUD

A Léon Bocquet.
Sympathiquement

FILS de notre province au savoureux langage,
  Aux sommets escarpés dominant les grands bois,
Nous venons t'apporter notre modeste hommage,
A toi qui sus si bien parler du sol comtois.

Nul n'a su mieux que toi saisir d'un coup d'œil preste,
De nos coteaux pierreux la rustique beauté,
Nul n'a su mieux tracer de nos sentiers agrestes
Et le charme profond et la sérénité.

L'on revoit avec toi de la terre natale
Les champêtres tableaux que souligne un mot dru ;
L'on goûte, en te lisant, la malice ancestrale,
Le geste évocateur et la verve du cru.

C'est pourquoi nous voyons la cité bisontine
Apparaître aujourd'hui dans ses plus beaux atours,
Pendant que le soleil, surplombant la colline,
Dore de ses rayons les remparts et les tours.

Et voici qu'au milieu des fanfares joyeuses,
Ton regard, parmi nous, revit comme autrefois,
Et le cher souvenir de nos âmes pieuses
S'en va vers toi mourant, le soir, au coin d'un bois.

Toi qui toujours maudis la guerre et ses furies,
Toi qui rêvas de paix pour notre humanité,
Contemple désormais nos campagnes fleuries,
Et le Doubs qui bruit ton immortalité.

30 octobre 1924.

Un buste de Pergaud doit être prochainement érigé à Besançon dans le beau cadre de verdure de Micaud. L'auteur a devancé le jour de l'inauguration.

LA VIEILLE ÉGLISE

A Alphonse Gaillard.
très cordialement

LE dôme du clocher a groupé le village,
Ainsi qu'un bon pasteur assemble ses brebis.
Le printemps l'enfouit au milieu du feuillage,
Dans les pommiers en fleurs où gazouillent les nids.

Il domine le toit de la massive église
Dont le chœur resplendit au soleil du matin ;
La patine du temps y met sa robe grise,
Et donne à ses vitraux la douceur du satin.

On voit briller ses ors du milieu de la route ;
Et le soir, quand sa tour n'est plus qu'obscurité,
La veilleuse qui pend du sommet de la voûte
Met à son maître-autel un filet de clarté.

Elle s'endort ainsi parmi le cimetière ;
Et les gens du village, en allant au travail,
Lisent le nom des morts sur les dalles de pierre,
Et se signent toujours en longeant le portail.

Les notes de sa cloche, aux fermes dispersées,
Dont les toits rougeoyants peuplent les horizons,
S'en vont au gré du vent mollement balancées
Y régler les travaux des changeantes saisons.

Et le village ainsi vit dans sa paix sereine,
Dans le fond de son val ou le bord du plateau,
Et l'église en paraît la vieille souveraine,
En berçant ses enfants du jeune âge au tombeau.

9 novembre 1924.

LA SAINT-JEAN

A M. Villat.
sympathiquement

DES feux ! des feux partout ! C'est la Saint-Jean fleurie
Que les pâtres ce soir font briller aux coteaux,
Pendant que dans l'air pur montent de la prairie
Le roulement des chars et le son clair des faux.

Le soleil s'est couché par delà la colline.
Déjà l'ombre à grands pas envahit le lointain,
Rend plus noirs les vallons dont la pente s'incline
Parmi les bois profonds au contour incertain.

Et la flamme des feux, au-dessus des villages,
Jette sa lueur pâle en la limpide nuit,
Tandis que les bergers, avec des cris sauvages,
Rassemblent leurs troupeaux qui rentrent à grand bruit.

La fermière a poussé la porte de l'étable
Où s'engouffrent, pressés, les jeunes bouvillons,
Et l'on voit du chemin, au milieu de la table,
La soupière qui fume au milieu des flacons.

Le pâtre apportera les couronnes légères
Qu'il vient d'ôter du front de ses bœufs préférés,
Et que dans le matin les accortes bergères
Ont faites de sainfoins et de genêts dorés.

Puis on les suspendra sous les auvents rustiques
Où les retrouvera la prochaine saison,
Souvenirs d'un beau jour et champêtres reliques
Qui porteront bonheur aux bœufs de la maison.

Petits bergers joufflus, je vous aime en grand frère,
Qui jadis, comme vous, soufflait dans des pipeaux,
Ou le soir, rapportant un bouquet de bruyère,
Suivait en musardant le pas lent des troupeaux.

Il se souvient qu'ayant trouvé quelque passage,
Ses bêtes s'en allaient manger les trèfles drus,
Tandis qu'aux champs voisins des hommes du village
Sur ses bêtes et lui déversaient des mots crus.

Il se souvient encor de la Saint-Jean des roses,
De la ronde sans fin autour des feux légers,
Des sifflets, des chansons, et de mille autres choses
Dont le rappel est doux aux anciens bergers.

C'est pourquoi j'aime à voir dans le jour qui décline,
Suivant de leurs troupeaux le pas toujours égal,
Alors que tout se tait le long de la colline,
Les pâtres revenir vers le hameau natal.

26 novembre 1924.

AUX BISONTINES

Je veux vous élever, charmantes Bisontines,
L'autel où brûleront, comme un encens sacré,
Nos hommages fervents à vos grâces divines,
A votre fin visage et votre cou nacré.

Nous vous proclamerons, tant vous êtes exquises,
Les plus belles parmi les fleurs de la Comté.
Et nous célébrerons, comme au temps des marquises,
Des roses et de vous l'éclatante beauté.

Vous avez mieux encor, et sur la route humaine
Où nous nous en allons, à l'appel du destin,
Vous avez la douceur, et la bonté qui mène
Au chevet du malheur que montre le chemin.

Et lorsque vous passez, légères et rieuses,
Sur les trottoirs étroits de la vieille cité,
A nos fronts assombris, vos figures joyeuses
Sont comme un coin d'azur dans un ciel tourmenté.

Et vous méritez bien, charmantes Bisontines,
L'autel où brûleront, comme un encens sacré,
Nos hommages fervents à vos grâces divines,
A votre fin visage et votre cou nacré.

15 décembre 1924.

LES TILLEULS

A mon vénéré maître.
Frédéric Bataille

JUILLET flamboie, et les tilleuls aux lourds feuillages
Exhalent dans l'air chaud leur suave senteur ;
C'est la saison de la cueillette en nos villages :
Voici les écoliers avec l'instituteur.

Les plus fiérs ont grimpé sur l'arbre, et les corbeilles
Se remplissent de fleurs au rythme des chansons,
Dans le bourdonnement des actives abeilles,
Dans le soleil rieur et les douces leçons.

Quand le morose hiver aura sur la nature
Dispersé ses frimas et ses longs jours pluvieux,
La tasse de tilleul, en bravant la froidure,
Réjouira le soir les jeunes et les vieux.

Je vous aime toujours, tilleuls de ma jeunesse !
Sur vos grands troncs noueux, vos rameaux réunis,
Fraternels sous l'azur, enseignent la sagesse
Dans le calme berceur où vous gardez les nids.

J'entends encor les voix des bons vieux **après boire**,
Devisant à vos pieds sur les prochains **travaux**,
Et qui se lamentaient aussi les jours de foire
Sur les bas prix des blés, des porcs et **des chevaux**.

Amis des jours passés, tilleuls de mon **village**,
Vénérables témoins des fêtes et des jeux,
En ce jour de juillet, j'évoque votre image,
Là-bas, au cher pays où dorment les aïeux.

22 juillet 1925.

LA FÊTE-DIEU

A Mademoiselle Julie Simon.

OICI la Fête-Dieu. Sur la splendeur des prés
Le soleil a versé ses ardeurs printanières ;
Et l'on sent le parfum des trèfles empourprés,
Des narcisses d'argent aux combes familières.

Voici la Fête-Dieu. Dans le jardin, les roses
Etalent sur les murs leurs pétales sanglants,
Et dans la molle brise où tremblent mille choses,
S'agitent les œillets aux courts panaches blancs.

Le village a vêtu sa robe de verdure ;
Les tapis les plus beaux ornent le reposoir,
Et chacun de l'autel apporte la parure
Pour faire un cadre d'or au brillant ostensoir.

Voici la Fête-Dieu. Sur les bancs de l'église
Se dressent fièrement, des congrégations
Les gonfanons ternis ; et vers la voûte grise
Montent avec l'encens les bénédictions.

Un cortège à présent lentement se déroule ;
La cloche retentit, et les hymnes pieux,
Dans les chemins fleuris, s'envolent de la foule
En sublimes accords vers le ciel radieux.

Et dans les jours suivants, sur la petite place,
On voit les écoliers se rassembler le soir
Pour jeter des bleuets dans la brise qui passe,
Et vers les grands tilleuls balancer l'encensoir.

1er *juin* 1925.

MAICHE

PETIT bourg de Comté perdu dans la montagne,
Qui cache en un vallon tes longs et rouges toits,
Et que le bûcheron péniblement regagne
Lorsque l'ombre descend le soir, au sein des bois,

J'ai revu bien souvent en moi les frais ombrages
De tes sapins géants sur tes sommets dressés,
Et les sentiers obscurs de ta forêt des Hages,
Les roseaux de l'étang par le vent caressés.

J'entends encor sonner la cloche des usines,
Et les pas se presser dans le douteux matin ;
Et, par-dessus le bruit de toutes les machines,
Vibrer bien haut la scie entrant dans un sapin,

Je revois les jeudis bruyants des jours de foire,
Les paysans rusés, les maquignons hâbleurs,
Les marchés où chacun voulait s'en faire accroire,
Et les départs le soir au milieu des clameurs.

L'oubli n'a pas atteint nos fêtes si nombreuses,
Quand la neige étouffait les haies et les buissons;
L'école vibre encor de vos rumeurs joyeuses,
Et des touchants accords des chœurs et des chansons.

Ainsi quand l'homme arrive au déclin de la vie,
Il aime à retrouver, en croyant rajeunir,
Des beaux jours qu'il connut sur la route suivie,
Le bonheur d'un instant qu'il n'a pu retenir.

17 janvier 1925.

LA VEILLÉE

A Madame et Monsieur Bougeot.

LE village est étreint par le gel et la neige
    Qui s'élève au-dessus des murs de ses vergers ;
Et les nuages gris se suivent en cortège,
De nouveaux jours d'hiver sinistres messagers.

C'est le soir, tout se tait. Au milieu du silence,
Le village apaisé s'enfonce dans la nuit.
Seul un aboi lointain s'éteint et recommence
Vers le moulin désert où le ruisseau bruit.

Des pas ont retenti derrière la fenêtre,
Et l'éclair d'un falot a rougi les rideaux.
Dans un rais lumineux, nous voyons apparaître
Les voisins, des étoiles de neige aux manteaux.

Et chacun à son gré s'assied autour de l'âtre.
L'on parle un peu de tout : des journaux, des marchés,
Du sermon du curé qui n'était point folâtre,
Et dénonçait partout des sources de péchés.

Les gamins dans un coin écoutent d'une oreille ;
Les femmes en jasant poursuivent leur tricot ;
Et l'on entend parler de raisins et de treille,
De conserves de fruits, de fraise ou d'abricot.

Neuf heures ont sonné dans un demi-silence.
Les veilleurs ont repris leur route où rien ne luit,
Fantômes qui s'en vont dans le brouillard intense
Du village apaisé qui s'endort dans la nuit.

1er *février* 1923.

LES ROIS MAGES

QUAND janvier pendait ses nombreux glaçons
    Aux rebords moussus des toits des villages,
Des chemins neigeux sortaient trois garçons,
    Trois petits rois mages.

Leur front qui s'ornait d'un bonnet pointu
Brillait, dédaigneux du givre des branches,
Et comme manteaux, ils avaient vêtu
    Des chemises blanches.

Pauvres petits rois ! des jours plus cléments
Vous font de janvier craindre les tempêtes ;
Nous ne voyons plus vos minois charmants
    Traverser nos fêtes.

Malgré tout l'amour qu'on porte au passé,
Sur un sort meilleur, ouvre ta fenêtre,
Petit mage blanc, mendiant chassé
    Par plus de bien-être.

10 mars 1925.

LES RUISSEAUX DE COMTÉ

ES ruisseaux de Comté, dans le flanc des collines,
Jaillissent d'un bassin plein de l'azur du ciel.
Ils sortent doucement de leurs vasques divines
Comme va son chemin un cœur pur et sans fiel.

Mais bientôt, aux rochers de la gorge sauvage,
Ils déchirent leurs eaux, et de leurs tourbillons
Ils mordent sans répit les terres du rivage
Qu'ils emportent plus bas à de lointains sillons.

Sur les bords du courant où murmurent les vernes,
L'écrevisse a choisi ses refuges profonds,
Et dans les soirs d'été, les reflets des lanternes
Trahissent les pêcheurs cachés dans les buissons.

Ruisseaux de la Comté qui verdissez nos pentes,
Vous nous voyez grandir à votre chant berceur,
Et nul ne reste sourd à vos voix si touchantes,
Quand il peut s'affranchir de l'exil oppresseur.

15 mars 1925.

FIN DE MOISSON

Sous le soleil de feu, les champs sont assoupis.
    Sur les routes poudreuses,
Les chariots massifs emportent les épis
    Des moissons plantureuses.

Déjà le jour s'éteint, et les bois au couchant
    Ont des teintes superbes.
Sur le char qu'on fleurit, s'élève avec un chant
    Le dernier tas de gerbes.

Et parmi les rumeurs d'un grand jour de travail,
    Dans le soir qui s'effrange,
Le char va cahoté s'engouffrer au portail
    Grand ouvert de la grange.

Et le fermier joyeux, assis dans son « houteau » (1),
    Pense à sa grange pleine.
Et ses gens en buvant le clairet du coteau
    Chantent à perdre haleine.

29 avril 1925...

(1) La cuisine, en patois de Franche-Comté.

REPOS

A Félix Gaiffe.

OCTOBRE a mis aux bois son écharpe de brume :
Le laboureur répare alors son aiguillon,
Et lorsque le matin dore son toit qui fume,
Il part avec ses bœufs retourner le sillon.

Le soleil lentement décrit son orbe immense :
L'attelage essoufflé se couvre de sueur ;
Le laboureur l'arrête au sillon qui commence
Afin que le repos en ranime l'ardeur.

Et pendant un instant, tout redevient silence
Sur le vallon étroit d'où partaient tant de cris,
Sur la glèbe aux tons bruns qui cache la semence
Pour mettre un gazon vert à ses vieux flancs meurtris.

Solidement plantés, les deux grands bœufs inclinent
Vers la terre leurs fronts étroitement liés.
Sous le ciel vaporeux, tranquilles, ils ruminent,
Serviteurs fraternels l'un sur l'autre appuyés.

« Vers le milieu du jour, la chaleur sera lourde :
Pour faire un bon travail, les bœufs seront trop las. »
Le maître s'est levé, boit un coup dans la gourde
Que le linge mouillé cache au fond du « cabas ».

Et de nouveau le soc creuse la terre brune
Quand les mains ont saisi les rudes mancherons,
Pendant qu'autour des bœufs une ronde importune
Entraîne obstinément les légers moucherons.

8 juin 1925.

A MON PAYS

Tu n'as pas, ô pays, les charmeuses sirènes
    Qui dansent sur les flots,
Le soir, dans la clarté des nuits d'été sereines,
    Autour des matelots.

Mais dans tes grands sapins recueillis sous la brise,
    Des sons mélodieux,
Qu'on dirait envolés des orgues d'une église,
    Passent mystérieux.

Tu n'as pas, mon pays, les lumineux espaces
    Méditerranéens,
Où les pins parasols mettent leurs fines grâces
    Aux cieux élyséens.

Mais dans tes purs étés, tes ravins et tes landes,
    Sous l'azur radieux,
Sont doux à parcourir, et l'on trouve à tes brandes
    Des charmes merveilleux.

Tu n'as pas, ô pays, de gigantesques cimes

Aux pics éblouissants,

Tu ne présentes pas d'insondables abîmes

Aux regards frémissants.

Mais nos yeux sont charmés par tes vertes collines

Et tes vallons ombreux,

Par tes genévriers, tes buissons d'aubépines

Et tes bois ténébreux.

Tu n'as pas, mon pays, les villes populeuses

Des tissages du Nord,

Les parfums du Midi, ni les grappes soyeuses

De ses mimosas d'or.

Mais tes hameaux perdus se cachent dans les chênes

Ou sous les noirs sapins ;

Et tes bourgs, sur le Doubs encadré de troènes,

Forgent dès le matin.

Qu'importent, mon pays, tes sommets pleins de neiges

Lorsque revient l'hiver !

Nos ruisseaux, au printemps, en feront plus d'arpèges,

Et mai sera plus vert !

26 juin 1925.

LA BRUYÈRE

Je te salue encor, ô toi, ma fleur sauvage,
  Qui met sur nos coteaux tes bouquets empourprés,
Toi qui n'as pas voulu d'un verdoyant rivage,
Et qui lui préféras nos landes et nos prés.

Je te salue, amante de la solitude,
Qui couronne les rocs et le bord des forêts,
Qui courbe tes rameaux sous l'assaut du vent rude
Que septembre a lancé sur le sommet des crêts.

Mais tu plantes au sol ta racine vivace,
Qui se rit de l'hiver et des froids rigoureux,
Bruyère de nos monts, semblable à notre race,
Qui dans un climat rude a des bras vigoureux.

Pour aller te cueillir, ma promenade est douce :
Le silence est l'ami de tous les cœurs meurtris ;
Et je parcours tes bois, quand je vois dans la mousse
Se dresser un bouquet de tes rameaux flétris.

5 août 1925.

CHOSES D'AILLEURS

HARMONIE

A Paul Boncour,

Respectueuse sympathie

Sur les Balkans, le soir épaississait son ombre.
Le silence planait sur les camps ennemis,
Et dans le ciel profond, des étoiles sans nombre
Contemplaient le repos des soldats endormis.

Les guetteurs seuls veillaient dans cette nuit sereine,
Silhouettes d'airain parmi l'obscurité ;
Et leur jeune officier, les regards sur la plaine,
Songeait aux jours heureux dans sa vieille cité.

Un beau lied de Schumann chanta dans sa mémoire,
Et malgré lui, soudain s'éleva dans l'air pur.
Ce n'était pas un chant claironnant de victoire,
Mais un regret plaintif qui montait vers l'azur.

Alors, du camp voisin, comme un écho sonore,
Le refrain fut repris par de nombreuses voix.
Dans la nuit d'Orient à l'éternelle aurore,
On aurait dit un chœur d'aèdes d'autrefois.

Musique, chant divin, aux notes enivrantes,
Passant comme un frisson sur les fronts soucieux,
Vous apportez la paix sur vos ailes vibrantes,
Et le cœur plus humain rit au ciel radieux.

29 mai 1924.

Note de l'auteur. — Ce fait a été conté par Paul Boncour, dans la revue *Floréal,* n° du 27 août 1921.

L'officier dont il s'agit est M. Duvernoy, anjourd'hui secrétaire général de la Seine.

BANQUET PAIEN

A M. Paquier,
Président du Cercle Littéraire de Besançon

E long de l'atrium au plein cintre doré,
Des glycines courant sous les portiques grêles
Font des arceaux fleuris de leurs grappes si frêles,
Qui vont jusqu'au tapis dont le sol est paré.

Dans le triclinium aux colonnes d'albâtre,
Des volutes d'encens montent aux pieds d'Eros,
Et sur les fins contours des marbres de Paros,
Les cuivres et les ors ont un reflet rougeâtre.

Car c'est fête au palais d'un des grands sénateurs.
Voici les invités foulant les mosaïques,
Portraits de demi-dieux des âges héroïques,
Et l'un des deux consuls précédé de licteurs.

Appuyés aux divans sur des coussins de soie,
Les convives, levant leur coupe de vermeil,
Boivent du vin muscat qui rutile au soleil,
Et met dans les cerveaux une vague de joie.

Les rires sonnent haut, les regards sont lascifs,
Les souffles plus brûlants sur les blanches épaules ;
Des mains pressent les seins des esclaves des Gaules
Qui passent, un sourire en leurs yeux expressifs.

Des lyres ont joué des airs de Géorgie.
Des esclaves, corps nus, superbes, ont dansé,
Sur le Tibre assoupi, quand la lune a glissé,
Le grand triclinium n'est qu'une vaste orgie.

18 mai 1924.

LES GRILLONS

A Emile et Edmond Colin

GRI, gri, gri ! Les prés sont fleuris.
   Qu'il fait bon courir cachés sous la mousse !
A nos chants aigus, la récolte pousse :
   Gri, gri, gri ! Les prés sont fleuris.

   Gri, gri, gri ! La route scintille.
Passants en sueur suivent les talus.
Au bruit de leurs pas, nous ne chantons plus.
   Gri, gri, gri ! La route scintille.

   Gri, gri, gri ! Le faucheur surgit.
La faux fera sa tâche accoutumée ;
Le champ n'aura plus d'herbe parfumée.
   Gri, gri, gri ! Le faucheur surgit.

   Gri, gri, gri ! Les jours passent vite.
La grange s'emplit de blonde moisson.
Répétons en chœur l'ultime chanson.
   Gri, gri, gri ! Les jours passent vite.

Gri, gri, gri ! nos chants sont finis.
Voyez dans le ciel de plus grises nues,
Et sous les hangars briller les charrues.
Gri, gri, gri ! Nos chants sont finis.

22 juin 1924.

CHANSON D'ALSACE

A Madame et Monsieur Wagner

QUAND on est né dans notre Alsace,
   Dans la plaine ou dans les vallons,
Les yeux sont remplis de l'espace
Qu'on aperçoit des grands Ballons.

L'on a beau voir d'autres campagnes,
Des cieux plus clairs, d'autres cités,
Rien ne vaut pour nous les montagnes
Où grondent les vents irrités.

Nous gardons tous dans la mémoire
Le souvenir de nos clochers,
Des sapins à la masse noire
Et des vieux burgs sur les rochers.

Aussi quand le vin blanc pétille,
Nous chantons par les soirs d'été,
Et nous célébrons en famille
Et l'Alsace, et la liberté !

Honneur à vous, plaine aux terres fécondes,
Coteaux qui donnez un vin généreux,
Pays des boublons et des filles blondes,
Des robustes gas aux bras valeureux.

5 *septembre* 1924.

LE PHARE

A mon vieil ami Bulle, I. P.

CE soir, le vent rugit et la mer est mauvaise ;
Les récifs, à fleur d'eau, font un horrible bruit ;
Le flot frappe à coups sourds le mur de la falaise...
Et l'on songe aux marins perdus dans cette nuit.

Soudain, la haute tour du phare s'illumine,
Et son rayon de feu blanchit l'horizon noir,
Comme un signal ami parti de la colline
Vers le bateau du large où s'ébranlait l'espoir :

O Devoir ! sur les flots orageux de la vie,
Où l'idéal souvent nous semble si lointain,
Sois le phare éternel qui repousse l'envie,
Et la haine et l'orgueil des abords du chemin.

Sois l'intime soutien et l'ardente lumière
Qui projette sur nous la sublime clarté !
Rends nos cœurs généreux et notre âme plus fière,
Afin qu'un grand Amour passe en l'humanité.

28 octobre 1924.

LE PONT

A M. H. Van Daele
Sympathiquement

Sous les arches du pont, les eaux de la rivière
Passent en murmurant d'inlassables chansons,
Que font rire ou pleurer les mobiles saisons
Sur les sables mouvants ou sur les bancs de pierre.

En aval, les remous d'où sortent les poissons
Mettent sur le courant leur profondeur moins claire,
Et l'écume, en flocons, s'y balance légère,
Secouée on ne sait par quels obscurs frissons.

Et les grands marronniers font une tache sombre
Aux abords de ce pont ; en été, ce coin d'ombre
Offre son banc de bois au promeneur lassé.

Au léger clapotis du courant de l'eau vive,
Au souffle frais du vent qui caresse la rive,
Les heures lentement tombent dans le passé.

1er *décembre* 1924.

MON PIGEON ROUX

MON pigeon mordoré qui redressait la tête,
Aux espaces du ciel ne pourra plus voler.
Et cependant, pour lui, quelle enivrante fête
Lorsque du pigeonnier il pouvait s'en aller.

Il s'échappait joyeux, grisé par la lumière,
Guidant le vol moins sûr de ses frères ailés
Vers le petit bassin du bord de la rivière,
Ou vers l'étroit sillon le long des champs de blés.

Pour toujours, sur ses flancs, il a cargué ses ailes,
Et ses yeux cerclés d'or sont maintenant fermés.
Il ne conduira plus ses compagnons fidèles
Sous les saules épais et vers les champs aimés.

Quand tout ensanglanté d'une affreuse blessure,
Il a senti soudain ses forces le trahir,
Du pigeonnier natal prenant la route sûre,
Il revint vers les siens pour tomber et mourir.

Que d'hommes parmi nous vers leur premier asile,
Fatigués et déçus, sont revenus sans bruit,
Pour tâcher d'oublier, sous leur vieux toit de tuile
Et leurs rêves brisés et leur bonheur détruit.

25 janvier 1925.

LA SOURCE

A Charles Léger.

Vers les grands cerisiers, une source limpide
Entr'ouvre son œil bleu sur un lit de roseaux
Puis dévale la pente en sa course rapide,
Jusqu'au ruisseau jaseur où s'abîment ses eaux.

Et des oiseaux nombreux, attirés par sa moire,
Dans les après-midi de soleil empourprés,
Viennent de tous côtés pour s'y baigner et boire,
Et se rouler entre eux dans le chemin des prés.

Quel concert chaque jour dans le temps des cerises !
Que d'appels, que de cris, de batailles parfois,
Où sous les coups de bec tombent les plumes grises,
Avant l'envol final dans l'épaisseur du bois !

Mais aussi quel effroi vers la source bénie
Quand survient l'épervier à l'œil étincelant !
Il change un gazouillis en râle d'agonie,
Et retourne à son roc avec un vol plus lent.

11 *février* 1925.

RENOUVEAU

A L. A. Layé, cordialement

VRIL nous revient ; un vent parfumé
   Chasse loin de nous les soucis moroses ;
Déjà le jardin est tout embaumé
   De boutons de roses.

Des nuages d'or traversent le ciel ;
La rosée aux fleurs pend en perles fines,
Et l'abeille étend, pour chercher son miel,
   Ses ailes divines.

Le vieux chemineau, le bâton en main,
Marche plus léger près de la rivière ;
Le soleil lui verse au long du chemin
   Sa douce lumière.

L'aïeul impotent, sur le banc de bois,
Devant les trésors de la jeune année,
Heureux du printemps, déride parfois
   Sa face tannée.

Sur l'étroit balcon, doré du matin,
Revient s'accouder une jeune fille,
Et son clair regard contemple au lointain
Le mont qui scintille.

Dans le soir de feu, le son des pipeaux
Monte lentement de la lande brune,
Et dans le marais, le chœur des crapauds
Chante sous la lune.

16 *février* 1925.

MES BÊTES

ON chien et mes chats sont couchés ensemble
L'un par-dessus l'autre en leur grand fauteuil.
Leurs yeux sont mi-clos ; leur petit nez tremble,
Ainsi qu'au matin un brin de cerfeuil.

Je m'approche d'eux, et leurs museaux roses
Dressés à demi, sans cesse en éveil,
Retombent bientôt au néant des choses,
Aux rêves brumeux d'un léger sommeil.

Les yeux bruns du chien ont l'air de me dire :
« Maître, n'est-ce pas qu'ils sont sans-façon,
« Et même encombrants, ces trois petits sires
« Qui ronronnent là leur grave chanson ? »

Et je pense alors aux chats faméliques,
Terribles rôdeurs qui pillent sans bruit,
Chevaliers errants, bandits héroïques,
Dont les yeux de feu luisent dans la nuit.

19 février 1925.

LA CITÉ FUTURE

A mon ami Deralbé.

'ON a souvent parlé de la cité future ;
   On tracera son plan sans doute encor longtemps !
Car réformer le monde est une tâche dure,
Et l'on progresse peu, hélas ! pendant cent ans.

De temps en temps, des voix le long de l'âpre route
Dénoncent les abus et les iniquités,
Et dans les profondeurs où se cache le doute,
Apparaissent soudain de splendides clartés.

Mais cet éclair finit en bouquet d'étincelles !
Et la course aux honneurs, aux faveurs, à l'argent,
Les marchés scandaleux où l'équité chancelle
Retrouvent près de nous un accueil indulgent.

Le pauvre a toujours tort, au pauvre la besace !
Et s'il n'a pas de pain, que n'a-t-il un gâteau ?
S'il n'a pas de logis, il lui reste l'espace,
Et la grotte là-bas, quelque part au coteau!

Il n'a pas de budget : ce n'est pas lui qui veille
Sur l'argent déposé dans un gros coffre-fort.
Il dort profondément quand le riche sommeille,
Et c'est lui, qui, des deux, jouit du meilleur sort.

C'est ainsi qu'en nos jours, oublieux de l'histoire,
Certains voudraient garder l'honneur et le profit !
Repus, qui de poids d'or mesurent toute gloire,
Vautours inapaisés auxquels rien ne suffit.

Mais parfois le lion, secouant sa crinière,
Jette les faux bergers sous ses griffes d'acier,
Et mêlant la terreur aux éclats de colère,
De crimes trop nombreux s'érige justicier.

Cité, noble cité, je ne vois point encore
Tes jeunes gens danser sous les chênes épais.
Heureux ceux qui naîtront lorsque poindra l'aurore
Du jour trois fois béni de concorde et de paix.

22 février 1925.

L'ÉCOLE

Je voudrais que l'on mît au fronton de l'école
    Ces mots, ces simples mots : MAISON DE VÉRITÉ.
C'est le titre de gloire et la grande auréole
De la claire maison de la fraternité.

Les conflits du dehors n'y laissent pas de trace.
Son humble maître est là, pasteur plein de bonté,
Qui prodigue ses soins au blond troupeau qui passe,
Et dispense à chacun sa bonne volonté.

Il connaît tout le prix de l'incessante tâche
Qu'on demande à son cœur autant qu'à son cerveau.
Auprès de ses bambins, il peine sans relâche,
Des leçons et des jours déroulant l'écheveau.

Et quand survient pour lui la fin de la carrière,
De son village obscur, il goûte le progrès.
Il peut jeter sans crainte un regard en arrière :
Travailleur sans remords, il s'en va sans regrets.

O Maître à cheveux blancs ! tu peux lier ta gerbe
Et laisser aux cadets le souci du sillon.
Regarde à tes côtés : la moisson est superbe,
Et c'est un chant d'espoir que crisse le grillon.

26 *février* 1925.

CONSEILS DU RUISSEAU

A Charles Dornier.

LE ruisseau qui descend de la forêt profonde
Nous dit en nous montrant du ciel l'immense azur
Et le bassin limpide où miroite son onde :
   Sois pur.

Marche les yeux fixés sur les plus hautes cimes.
Vouloir s'élever seul ne laisse rien d'amer.
La pente de tes jours n'ira point aux abîmes :
   Sois fier.

Mes flots s'en vont courant à la rive incertaine ;
Vers l'avenir obscur, je marche en conquérant ;
Ne crains jamais l'effort que veut la route humaine,
   Sois grand.

Mais quel que soit le rang que te donnent vos fêtes,
Garde-toi de l'orgueil et de tourments jaloux,
Reste compatissant jusque dans les tempêtes :
   Sois doux.

Vois : je donne à chacun, à la fleur, à l'arbuste,
Les eaux qui vont ailleurs féconder le sillon.
Ne te contente pas d'être simplement juste :
Sois bon.

31 mars 1925.

VISAGES AIMÉS

Vous revenez à moi dans les clartés du rêve
  Qui rallume la vie aux cendres du passé ;
Et c'est pour un instant une aube qui se lève,
Et qui fait resplendir un ciel morne et glacé.

Je retrouve vivants tes traits bénis, ô mère,
Qui penchais vers mon lit ton regard anxieux,
Calmais par ta douceur mon chagrin éphémère,
Et redonnais la joie à mon front soucieux.

Vous sortez rajeunis des recoins de vos portes,
O frustes compagnons qui couriez les pieds nus,
Et qui, nouveaux guerriers, vous formiez en cohortes,
Et parcouriez sans peur des sentiers inconnus.

Et vous m'apparaissez, pensives ou rieuses,
Ombres de mon passé, figures d'autrefois,
Dont j'entends résonner les paroles joyeuses,
Comme un murmure sourd dans le calme d'un bois.

Je ne désire pas, pour le dernier voyage
Un cortège nombreux qui marche indifférent ;
Mais quelques vrais amis dont l'anxieux visage,
Dans un suprême adieu, se contracte en pleurant.

6 *avril* 1925.

LES CRAPAUDS

A Auguste Bailly

Un soir de mai descend sur la terre embaumée.
Le crépuscule endort la rumeur des troupeaux ;
Le serein rafraîchit la pelouse charmée,
Et les fossés herbeux où dorment les crapauds.

Les derniers paysans regagnent leur demeure ;
Alourdis de travail, ils vont vers le repos.
Un discret son de flûte a vibré, car c'est l'heure
Où dans le calme soir vont chanter les crapauds.

Et bientôt, de partout, montent mélancoliques
Les notes de plaisir, et d'appel, et d'amour ;
Et le gazon frémit sous des luttes tragiques
Que ranime la nuit et que clora le jour.

Lorsque l'Aube enverra de ses fins doigts de rose
Le baiser qui blanchit la route du soleil,
Les crapauds s'en iront vers le gîte morose
Qui les abritera dans leur pesant sommeil.

18 avril 1925.

PAQUES

A Charles Grandmougin

Ce vent souffle plus doux au ras des pâturages,
Et des torrents boueux tombent des monts altiers.
Des feuilles ont tremblé sur le bord des bocages
Aux rameaux épineux des frêles églantiers.

Le nuage léger, sur le clair paysage,
Joue avec le soleil pendant des jours entiers.
Sur terre, on voit passer l'insaisissable image
Qu'il fait glisser des monts jusqu'au bas des sentiers.

Sur le maigre coteau, toutes les pâquerettes
Ont tissé près du sol d'éblouissants rayons.
De l'herbe des vergers, l'odeur des violettes
S'épand dans l'air, où passe un vol de papillons.

Dans le réveil puissant de toute la Nature,
Dans un ciel fait d'azur et de limpidité,
Pâques paraît enfin, douce voix qui murmure :
« La paix soit avec vous, Christ est ressuscité ! »

10 *mai* 1925.

RP

MON CHIEN

A ma fille

QUE je parle de toi, mon Djinn, on en rira :
    Le monde rit de tout. Quand tu me fais la fête,
Que m'importe pourtant tout ce que l'on dira,
Car ton maître est heureux de ton amour de bête.

Quand je rentre le soir, ton cœur est en émoi.
Tu m'attends sur le seuil, impatient de l'heure ;
Puis, dès que tu m'entends, tu t'élances vers moi,
Et tes bonds et tes cris emplissent ma demeure.

Quand je reste au logis et que je lis le soir,
Les pieds près des chenets de l'âtre qui flamboie,
Tu viens sur mes genoux poser ton museau noir,
Et regarder, distrait, la bûche qui rougeoie.

Et si tu vois mon front devenir soucieux,
— Car chacun, ici-bas, connaît la peine amère —
Ton regard triste et doux cherche au fond de mes yeux
Ce qui me fait souffrir et me rend si sévère.

Que tu voudrais alors, en ta fidélité,
Pouvoir comprendre plus de l'humaine nature !
Mais, ô cher compagnon, je saisis la bonté
Qui monte jusqu'à moi de ta pauvre âme obscure.

A paru dans les " *Heures Perdues* "

RUE PAUVRE

A S. Ch. Leconte

VEC des pots de fleurs aux rebords des croisées,
La ruelle descend dans l'ombre des maisons.
Ce n'est point le quartier des rumeurs apaisées
Dans le calme béat des larges horizons.

Un peuple embroussaillé de garçons et de filles,
Sur les pavés rugueux tout le jour se poursuit ;
Et dans l'étroite cour où pendent des guenilles,
Leurs cris retentiront du matin à la nuit.

Sur la porte du bar aux relents de cuisine,
Des ouvriers lassés sont revenus s'asseoir,
Pendant que les mamans, au sortir de l'usine,
Vont rallumer le feu pour le repas du soir.

Et ce n'est que bien tard, les jours de la semaine,
Qu'elles iront causer sur le seuil des voisins,
Parmi les acheteurs que le souci ramène
En groupes animés devant les magasins.

Femmes, quand aurez-vous, au lieu de la masure,
Le logis lumineux pour bercer les petits,
Où vous pourrez guetter, sous le ciel qui s'azure,
Le retour du travail de ceux qui sont partis ?

20 *mai* 1925.

PHTISIQUE

PALE, dans son fauteuil roulé devant la porte,
Elle chauffe au soleil son corps demi-glacé.
Rien ne rappelle plus l'enfant robuste et forte,
Qui semait sa vigueur aux fêtes du passé.

Quand souffle un vent plus frais sur l'orme qui tremblote,
Sur le bouquet de pins qui se courbe et gémit.
L'horrible toux s'attache à son sein qui grelotte,
Et soudain chaviré son pauvre cœur frémit.

Parfois, son œil encor resplendit de lumière,
Ainsi qu'au ciel brumeux rit un coin de clarté ;
Mais trop souvent, hélas ! roule sous sa paupière
L'effroi de l'avenir et de l'éternité.

Tes compagnes auront, pour fêter leur jeunesse,
L'amour et les baisers, éternel renouveau.
Que la Mort te soit douce en sa froide caresse,
Avant de te donner le calme du tombeau !

26 mai 1925.

REGARD EN ARRIÈRE

A M. Launay, inspecteur d'Académie

LE vent d'hiver mugit dans les branches des frênes ;
Il courbe les taillis et fait grincer les troncs ;
Il soulève au hasard les rameaux et les graines,
Et plisse l'eau boueuse où couraient les hérons.

Déjà, dans la forêt, un chat-huant hulule.
Des lueurs ont jailli derrière les rideaux.
Et voici qu'à pas lents, dans le froid crépuscule,
Rentrent les bûcherons avec leurs lourds fardeaux.

Le feu ronfle au poèle, et les ardentes flammes
Chantent plaintivement à travers les tisons.
On dirait que ce sont les voix d'errantes âmes
Qui sont lasses du ciel et pleurent leurs maisons.

Sous le verre arrondi, le balancier miroite,
Et l'heure a résonné de son timbre argentin ;
Un enfant accoudé vers la fenêtre étroite
Rêve, le front penché dans le jour incertain.

Vous reconnaissez-vous dans cette tête blonde,
Qui regardait le clos dans les ombres du soir,
Et qui se promettait de faire œuvre féconde
Quand elle aurait reçu la force et le savoir ?

Tous nous sentons, hélas ! que le destin recule
Notre enfance rieuse en un temps plus lointain,
Et que sur notre front tombe le crépuscule
Comme un dernier rayon d'un flambeau qui s'éteint.

12 *juin* 1925.

SOIR D'ÉTÉ

A Henry Boibessot

DANS ce soir de juillet, où chuchote la brise
Sur les lis éclatants et les tilleuls épais,
La muraille, au jardin, plonge sa teinte grise,
Et le silence en moi verse sa grande paix.

On dirait que le cœur d'entraves se libère ;
Qu'il se consacre au bien dans un élan joyeux,
Qu'un frisson d'idéal rayonne en la nuit claire,
Et sème la bonté dans l'infini des cieux.

Les amis sont plus chers, la vertu plus facile ;
Et le cœur élargi sent que l'humanité
Devrait toujours marcher vers un sort plus tranquille,
Dans un effort plus grand de solidarité.

De l'âme, à ce moment où tout n'est que murmures,
S'en vont l'âpre désir et les troubles espoirs,
Et rien n'y retentit que l'appel de voix pures
Vers le Beau, vers le Vrai, les austères devoirs.

Et le regard perdu dans le ciel qui scintille,
Par cette nuit de calme et de limpidité,
Je rêve que bientôt la divine faucille
Sur les hommes unis versera sa clarté.

4 juillet 1925.

PHILOSOPHIE

Eune, j'aurais aimé m'en aller par le monde,
Rêveur insouciant, sans fixer mon destin.
J'aurais cherché la gloire en un pays lointain,
Et semé mes espoirs sur la vague profonde.

J'aurais pu contempler d'éblouissants matins,
Frémir sur le vaisseau lorsque l'orage gronde,
Quand tout est déchaîné dans le ciel et sur l'onde,
Et rapporter, qui sait ? de fabuleux butins.

J'aurais pu découvrir une terre fertile,
Habiter un palais, gouverner **dans** une île,
Ou, général fameux, commander aux Mandchoux.

J'aurais pu... Mais pourquoi rêver de grandes choses ?
Je leur ai préféré mes œillets et mes roses,
Me commander moi-même et gouverner mes choux !

16 *juillet* 1925.

AUX POÈTES

Le mendiant s'en va par les bois et la plaine.
Le front courbé, très las, il chemine à pas lents.
Il soutient faiblement sa besace trop pleine,
Et regarde brouter les troupeaux nonchalants.

La route devant lui s'allonge toute blanche,
Et montre au pied des monts des villages connus.
Il entend murmurer la source qui s'épanche,
Où déjà bien des fois il lava ses pieds nus.

Des retraites du soir l'ombre s'est échappée.
L'horizon s'ensanglante au bord de l'Occident.
La tour a disparu, de brume enveloppée,
Et l'insecte a cessé son soprano strident.

Ainsi qu'un mendiant, au chemin des poèmes,
Je vais d'un pas traînant, insouciant flâneur.
Je ne recherche pas d'éclatants diadèmes :
Je ne serai jamais qu'un bien obscur glaneur.

Mais le long du chemin, j'entends vos voix charmeuses,
Illustres compagnons aux accents inspirés,
Et cela me suffit dans les heures pieuses
Où l'on chante tout bas pour ne point trop pleurer.

10 juillet 1925.

INTÉRIEUR

An peintre Ganier-Tanconville

LE soir épand son deuil au penchant des collines,
  Et la brise gémit aux arbres du verger.
Le clocher resplendit d'un éclat passager,
Et le feu se rallume au foyer des chaumines.

Les chars, vers le hameau, vont lourdement chargés.
L'on entend au lointain le troupeau qui chemine ;
Une vieille chanson monte en la nuit divine,
Et des voix sonnent clair aux sentiers ombragés.

A l'antique foyer, on voit la table mise :
Et les enfants joyeux, dans la ruelle grise,
Regardent le chemin qui débouche du champ.

Le père arrive enfin, et chacun lui fait fête ;
La mère sert déjà la soupe toute prête,
Et le petit dernier s'endort en gazouillant.

17 août 1925.

PREMIÈRE NEIGE

A Mademoiselle B., professeur

LE ciel a, ce matin, le long manteau de cendre
Que lance devant lui l'hiver aux bras glacés.
Les vallons sont muets, et seuls se font entendre
Les coups des bûcherons dans le bois espacés.

Le vent a secoué les flexibles ramures ;
Les faîtes des sapins frémissent d'un bruit sourd,
Tandis que les corbeaux, aux lointaines pâtures,
Sillonnent l'horizon de leur vol bas et lourd.

Et nous sentons alors, dans l'âme soucieuse,
S'élever le regret des beaux jours disparus,
Pendant qu'autour de nous, froide et silencieuse,
La neige ensevelit les guérets et les rus.

Notre ciel est plus gris, quand l'âge nous assiège,
Et que le temps n'est plus des timides aveux.
Et nous mourons un peu quand la première neige
Sème ses flocons blancs dans l'or de nos cheveux.

12 novembre 1925.

TABLE DES MATIÈRES

BESANÇON. — IMPRIMERIE JACQUES ET DEMONTROND.

BIBLIOTHEQUE NATIONALE DE FRANCE
3 7502 01405082 9